Para Amparito y todas las abuelas de mi familia
que tienen mucho que contar. J. C.

A Franca y Graziano, mi madre y mi padre, que siempre
han sido y serán mi casa y mi refugio seguro. E. D.

trenfugiados

Dirección: Èrica Martínez
Colección a cargo de Julia Carvajal

© Texto: José Campanari
© Ilustraciones: Evelyn Daviddi
© Ediciones La Fragatina

Correcciones: strictosensu.es
Diseño gráfico: pluc.es

Edita: Ediciones La Fragatina
Thinka diseño y comunicación, s.l.
Plaza España, 23, 1º A
22520 Fraga
www.lafragatina.com

1ª edición: octubre de 2016
ISBN: 978-84-16566-19-8
Depósito legal: HU-194-2016
Imprime: La Impremta

Esta obra ha sido publicada con la ayuda
del Departamento de Educación, Universidad,
Cultura y Deporte del Gobierno de Aragón

GOBIERNO
DE ARAGON
Departamento de Educación,
Universidad, Cultura y Deporte

trenfugiados

José Campanari

Evelyn Daviddi

Ediciones
la fragatina

El otro día estábamos mis primos y yo en casa
de mi abuela y Juan, el pequeño, comentó:
—Ayer llevamos a la escuela comida no pere...
prerec... perecele..., bueno, de esa que no se
pone mala, para los *trenfugiados*.
—Ah ¿sí? —dijo mi abuela, que siempre le deja
hablar a su manera.
—No se dice *trenfugiados* —le corrigió Laura,
la sabelotodo.

–¿Tú también llevaste comida de esa a tu colegio? –preguntó Juan.

–No –respondió Laura.

–Yo tampoco. Pero se dice refugiados. Yo lo oí en la tele –comentó Claudia,
la de las coletas.

–Se dice *trenfugiados*, porque cuando se subieron al tren estaban mojados.
Y en su idioma, «mojados» se dice *fugiados* –argumentó Juan, que siempre
tiene una respuesta para todo.

–Ah ¿sí? ¿Cómo es eso? –preguntó mi abuela.

–Fácil, porque entre su casa y la nuestra hay un montón de agua. Y tuvieron que cruzarla para venir aquí porque sus casas eran una catástrofe –explicó Juan.

–Cuando nuestra casa es una catástrofe
nos traen a pasar el fin de semana a casa
de la abuela para hacer una limpieza
a fondo –dijo Rosa, la hermana de Juan.
–Pero los refugiados no vienen por
un fin de semana –aclaró Laura.

–Es una catástrofe tan grande que nadie puede limpiar
sus casas, ni nada de eso –dijo Pedro (él sabe muchas
cosas porque es el mayor).

—Los *trenfugiados*, como no pueden limpiar las casas
y no tienen casas de abuelas a donde ir, se van a otro país
donde haya casas que puedan limpiarse —aclaró Juan (pero
eso seguro que se le ocurrió en ese momento).
—Los re-fu-gia-dos —insistió Laura, que cuando se pone
nerviosa separa las palabras en sílabas.
—¿No podéis hablar más bajo? Tengo que estudiar la tabla
del tres y es muy difícil —dijo Joaquín, que está en segundo.

–¿Y cómo cruzaron tanta agua? –preguntó Laura.
–Saltando de piedra en piedra. Como cruzamos
nosotros el río cuando vamos al pueblo en verano
–contestó Juan–. Ahí también hay casas que están
hechas una catástrofe y nadie podría vivir allí ni
limpiarlas en dos días como hacen mamá y papá.

–Ah ¿sí? –dijo la abuela, que nunca se mete demasiado
en nuestras conversaciones pero lo escucha todo.
–Claro, porque son casas abandonadas –opinó Adrián,
mi primo el pelirrojo, con los ojos muy abiertos y los pelos
de punta– y las casas abandonadas dan miedo.

—Los *trenfugiados* no pueden vivir en sus casas porque están abandonadas como las del pueblo o peor —siguió Juan— y buscan un lugar donde haya abuelas para poder quedarse a comer y dormir.

–¿Tres por seis? –preguntó Joaquín,
que seguía estudiando.
–Dieciocho –respondió la abuela.
–No se lo digas, abu –dijo Laura–,
que se lo tiene que aprender él.

—Podrían venir todos a vivir aquí,
que hay abuela, hay comida, y siempre
nos las arreglamos para dormir todos
los que venimos poniendo colchones
por toda la casa —dijo Claudia.
—Claro —añadió Juan, y se quedó
pensando qué más decir.

–Además, podríamos enseñarles nuestro idioma –comentó Laura.
–Y la tabla del tres –dijo Joaquín. Y siguió cantando en voz alta–:
Tres por ocho, veinticuatro; tres por nueve, veintisiete…

La abuela se levantó de su sillón para ir a la cocina
a preparar la merienda. Tenía los ojos nublados.
—Abuela, ¿necesitas ayuda? —le pregunté mientras
la seguía a la cocina.
—Sí, vamos a hacer los bocadillos.

Esa tarde, mientras tomábamos la merienda,
la abuela nos contó la historia de algunos vecinos
del pueblo que cuando eran pequeños se fueron
a otros países. Huyendo del hambre, huyendo del frío,
huyendo de la guerra.

Y después de un largo silencio, Juan comentó:
—Esos niños y esas niñas también fueron *trenfugiados*,
bueno, o *trenmojados*, porque hablaban nuestro
mismo idioma, ¿verdad?

Aquella noche nos quedamos a dormir en casa de la abuela.
Mientras oíamos el sonido del tren, preparamos un colchón más,
por si alguien llamaba a la puerta.